Copper

Eine erlebnisreiche Tiergeschichte über einen kleinen Waschbären

Von Silvia Wobschall

Dies ist die schöne und auch traurige Geschichte von dem kleinen Waschbären Copper, der vor kurzer Zeit aus Mittelamerika ausgewandert ist und schließlich in den heimischen Wäldern in Nordrhein-Westfalen sich kurz wiederfand und letztlich in der Normandie ein neues Zuhause bekam.

Copyright 2020 Silvia Wobschall
Herstellung und Verlag: BoD – Books on De-
mand, Norderstedt
ISBN: 978 -3 -7526-1109-0

Vorwort

Seinen Namen, den verdankt der Waschbär der Eigenart, die von ihm im Wasser gefundene Nahrung, wie Frösche, vor dem Verzehr ausgiebig mit den Vorderpfoten zu untersuchen, was so aussieht, als würde er Wäsche waschen. Waschbären sind eine Gattung der Kleinbären. Sie leben auf dem gesamten amerikanischen Kontinent. Etliche Unterarten findet man auf kleinen Inseln in der Karibik. Mittlerweile ist er auch in Europa eingebürgert. 2016 wurde er von der EU als invasive Art deklariert.

1934 wurden vier Tiere seiner Art am Edersee in Hessen ausgesetzt, weitere Aussetzungen geschahen durch einen Bombentreffer im märkischen Oderland in eine Pelztier-Farm. Schon schlimm genug, dass die Waschis dort wegen ihres Pelzes gezüchtet wurden, heute werden sie gejagt, gequält und abgeschossen! Trotzdem gelingt es einigen Tierschützern, sie zu retten und in eine Auffangstation zu bringen.

Kapitel 1

Panama

Ich darf mich hier kurz vorstellen: heiße Copper, bin jetzt 1 Jahr alt und in Panama, in der Nähe der San Blas – Inseln geboren, wohl eines der schönsten Orte von Panama. Wir waren vier kleine Welpen insgesamt, meine Mama konnte uns nicht ernähren und sie starb, weil sie einfach zu erschöpft und krank war. Es war Frühling und nun hatten wir keine Nahrung und piepten wie ein junger Vogel um Hilfe. War es doch Glück im Unglück, wir wurden gefunden und in eine nahe liegende Wildtierstation gebracht, gepflegt, bemuttert und so toll aufgepäppelt.

Rings um uns herum die schöne Pflanzen - und Tierwelt, tolle Strände, Dschungel, tropische Regenwälder. Wir waren alle 4 noch blind und wussten nicht, was uns erwartet. Aber unsere Retter und Helfer hatten weiche Hände und eine Menge Arbeit mit uns, weil wir so hungrig waren. Täglich, man sah es, ging es uns besser und wuchsen schnell heran und nahmen auch immer mehr zu. Jetzt durften wir selbständig fressen. Wir lieben Nüsse, Beeren, alle Früchte. Es war herrlich, jeden Tag Sonne und Vollpension. Man gab uns Namen, auf die wir vier auch reagierten, meine

Schwestern Cookie und Candy und mein Bruder Capper, ja und mich riefen sie dann einfach Copper, wie cool, alle mit" c, " aber es war okay. Hier in Costa Rica war die Station für verwaiste Tierbabys. Wenn wir erwachsen werden, wollen sie uns wohl los werden oder? So bis zu 3 Jahren leben wir nur in der Wildnis, meist fallen uns unsere Feinde, Kojoten, Baummarder, Füchse, Vielfraße, Wölfe, Riesenschlangen, aber auch streunende Hunde und U-hus an. Dann ist es vorbei mit dem Dasein. Vielleicht hätten wir bessere Chancen, wenn uns die Menschen mögen würden und nicht immer jagen, weil der Pelz so toll wärmt oder weil wir zu viele sind und wir immer die Gärten unsicher machen, jedenfalls in Europa. Dort sollten wir auch nicht hingehören. Aber wartet ab, meine lange Geschichte beginnt doch erst.

Kapitel 2

Mein 1. Ausflug

Nun war ich aus dem Gröbsten raus und ein richtiger Waschbär geworden mit dem Namen Copper. Meinen drei Geschwistern gefiel das Wildgehege. Ständig schlichen sie von morgens bis abends den netten Tierpflegern nach und meinten, es seien die Eltern. Meist bleiben ja die Mädchen lange bei der Waschbärmutter und nur die Jungs machen sich auf den Weg und gründen selbst eine Familie. Ich fühlte mich stark und wollte die Welt erleben, die Wälder kreuz und quer durchstreifen, am Strand rumschleichen, meine Artgenossen treffen, Spaß und Freude haben. Es war mir noch nicht klar, wie gefährlich das sein würde. Unerfahren und eine ganz große Klappe, so wollte ich durch den Tag marschieren. Wir Waschbären werden 40 bis 70 cm lang, 23 bis 30 cm hoch und können bis 9kg wiegen. Da wir Allesfresser sind, fliegt uns förmlich das Fressen zu, Obstbäume überall, Nüsse reichlich und auch mal zur Not schwimmende Tiere, wie Frösche.

Aber wie stell ich es an, abzuhauen? Muss mal alles hier in der Auffangstation unter die Lupe nehmen, natürlich nachts, da ist unsere Zeit. Wisst Ihr eigentlich, wie uns die Indianer nannten? Waschbär auf Englisch heißt „Racoon", die Indianer riefen" Arakun": das bedeutet so in etwa wie" der mit seinen Händen reibt", schrubbt und kratzt. Die Azteken gaben uns die Bezeichnung „Mapachitel": bedeutet, der alles in die Hände nimmt und die Sioux-Indianer nannten uns nur „Weekategele", das heißt der Magier mit dem bemalten Gesicht. So, das war gerade eine 1a Aufklärung oder? Deshalb sieht unser Gesicht auch wie eine Bemalung aus, aber eine schöne, nicht wahr?

Ich wartete also die Nacht ab und suchte und schnüffelte, bis ich endlich einen Ausstieg fand, im Gehege war der Draht defekt und ein Loch bot sich mir an, hindurch zu schlüpfen. Geschwind raste ich in irgendeine Richtung. Oh, mir war schon bange, aber meine Neugierde war doch größer als die Angst. Mit Freude und auch etwas Unsicherheit, versuchte ich, einen neuen Weg einzuschlagen.

Kapitel 3

Mein 1. Abenteuer

Es war noch immer Nacht und ich wusste nur eines, ich musste zum Hafen von Colon gelangen, um auf ein Frachtschiff zu kommen. Die transportieren über die Meere ihre Ladung und ich wollte ein blinder Passagier werden. Sooft erzählte ich es immer meinen Geschwistern und alle hörten mit Spannung zu, wenn ich von meinen immer geheimsten Träumen schwärmte.

Dieses Laufen fiel mir unendlich schwer, weil wir Waschis sind sehr langsam sind, klettern: null Problem, aber Augen zu und durch.
Ich passierte einige Häuser und guckte ganz vorsichtig nach etwas Fressbarem.

Ich hatte auch Glück, in einem Müllcontainer fand ich Obst, wie Äpfel und Beeren, noch genießbar. Gestärkt latschte ich weiter, ist schon langweilig, so allein ohne meine Kumpels und Geschwister. Habe ich mir aber selbst ausgesucht und eingebrockt. Bin eben ein Eigenbrödler und natürlich habe ich auch Lust auf Abenteuer. Ach, wie weit ist es denn noch? Natürlich hatte ich keine Uhr, aber so ein wenig Zeitgefühl doch. Hoppla, was lag denn da vor meinen Füßen? Ein Capybara, noch jung und bewegte sich kaum. Hey, Du, was ist los mit Dir? wollte Copper wissen. Immer noch Schweigen. Vorsichtig hob ich das kleine Ding auf und siehe, es lebte. Wahrscheinlich ist es dem Koch entkommen, der es auf den Grill packen wollte. Essen doch hier fast alles mit vier Beinen.

Das Capybara ist ein Wasserschwein, Gattung der Meerschweinchen. Sie ernähren sich von Gräsern, Wasserpflanzen, Zuckerrohr, aber auch von Wassermelonen und Mais.

Da mein Findling noch nicht sehr groß war, packte ich ihn einfach und nahm ihn mit. Er musste irgendwie ins Wasser oder ans Wasser. Wo war denn bloß seine Familie, die Mutter? Der Hafen ist doch ganz nahe, vielleicht ist es auch abgehauen und hat sich einfach verlaufen. So wird es sein. Copper versuchte, doch etwas schneller zu rennen. Am Hafen angelangt, sah er schon die vielen großen Frachtschiffe vor Anker liegen. Und plötzlich, was sahen seine großen Waschbäraugen auch, Wasserschweine, eine ganze Familie, also nix wie hin, da musste mein Kleiner zugehören.

So war es dann auch. Die Capybara-Mama beschnüffelte erst mich, dann plumps, ließ ich den Junior ganz sachte fallen und sie nahm ihn sofort mit sich fort. Gerettet, wieder eine gelungene Familienzusammenführung, ach wie schön. Wäre auch zu schade um das Schweinchen gewesen. Die Vier, die Mama und ihre drei Jungen zogen weiter zum Strand, wo sie auch hingehörten. Ein glückliches Erlebnis für Copper und zufrieden machte er sich auf seinen Weg. Hungrig war er auch, aber am Wasser gab es bestimmt etwas für ihn.

Jetzt habe ich soviel geredet, jetzt spricht wieder meine Schreiberin, ok?

Kapitel 4

Der blinde Passagier

Copper schaute sich jetzt überall um, wollte kein Risiko eingehen. Er musste sehen, dass er unbemerkt an Bord gelangte, aber welchen Frachter nun sollte er nehmen, dort drüben der, da war viel los, ein Be - und Entladen, ein Kommen und Gehen. Er nutzte die Gelegenheit, einfach zwischen den riesigen Containern durchzuschleichen und im Nu war er auf dem Schiff. Geschafft! Aber nur wohin, er nahm die nächste Treppe nach unten in den Laderaum, oder doch lieber in die Küche. Gewagt, gewagt! aber was sollte ihm schon passieren, man würde ihn doch nicht gleich zu Gulasch verarbeiten. Vielleicht war ein tierlieber Koch zur Stelle und könnte ihn verstecken.

Noch etwas ängstlich und außer Puste schlich nun unser Waschi in die große Kombüse, mmh, wo auch schon wundervolle, verführerische Düfte von Essen ihm entgegenkamen. Herrlich, oh wie so schön warm es hier war. Copper schielte zu einem ausländischen Jungen, einem Chinesen oder Koreaner, wer weiß das schon so genau, jedenfalls war es doch dem kleinen Waschbären egal. „Hey du da, bleib stehen, hier sind Tiere nicht erlaubt, was machst Du hier?" Tausend Fragen, Copper bibberte am ganzen Körper und erwiderte: ich will nach Deutschland nach Nordrhein-Westfalen, ja, bestimmt und sicherlich sind da auch schon meine Verwandten und warten auf mich (war gelogen). Kannst Du mich nicht bis zum nächsten großen Hafen verstecken und mir was zu fressen geben. Ich nehme auch vegetarisches, sogar sehr gerne. Der junge Azubi liebte Bären und ist mit Tieren groß geworden. So zögerte er nicht lange, gab dem hungrigen, blinden Passagier Gemüse und stellte ihm auch Wasser hin. Dann überlegte angestrengt Wan, so hieß der Koch, wo konnte Copper schlafen. Neben der Küche gab es eine Wäscherei, daneben eine kleine Kammer, die kaum genutzt wurde. So lockte er den kleinen Waschbären in das neue Versteck, besorgte ihm noch eine Decke, gute Nacht, mein Freund, und so verschwand Wan. Was ist aber, wenn er mal muss, dann solle er schnell aufs Deck klettern. Geschwind flüsterte er es Copper zu, solle aber sehr vorsichtig sein. Bis zum nächsten Hafen werde das wohl klappen. Zufrieden schlief unser Abenteurer ein und auch sein Magen knurrte nicht mehr.

S

So vergingen viele Stunden und es würde noch lange dauern, bis man in Kolumbien war. Dort im Hafen von Cartagena wollte Copper raus und gemütlich umsteigen, in das nächste Schiff, welches ihn dann nach Frankreich schippern sollte. Aber hier und jetzt, musste er sich mit dem jungen Wan verständigen, der alles, aber auch alles für den kleinen Bären tat. Brachte ihm Essen, ging mit ihm an Deck, heimlich, wenn alle schliefen, damit unser Waschi endlich sein großes Geschäft machen konnte. Alles strengstens geheim wie in einem James-Bond Film. So vergingen weitere Tage und Copper hatte sich schon ein richtiges Speckbäuchlein angefressen. Ihm fehlte doch sein natürliches Umfeld und seine Bäume, die er sosehr liebte, aber Augen zu, da musste er nun durch.

Kapitel 5

Frankreich, ich komme

Copper's Reise ging nun nach Kolumbien in den Hafen von Cartagena. Etwas traurig und doch erleichtert, verabschiedete sich Wan von seinem neuen Freund, gab ihm noch Proviant mit und wünschte ihm ganz viel Glück. Einige Tränen kullerten sogar die Wange hinunter. Waschi schlenderte gemütlich, als ob er unsichtbar wäre, die Landetreppe hinunter, einige der Crew sahen ihn jetzt und wollten noch hinter ihm her, aber unsere vier Pfoten verschwanden auf einmal. Schwein gehabt und nun hieß es, sich erneut verstecken und Augen und Ohren auf. Copper musste auf jedem Fall im Hafen bleiben, um dann schließlich auf das nächste Frachtschiff zu gelangen. Zwischen lautem Stimmengewühl und aufgeregten Hafen - und Containerarbeitern, verschwand nun unser blinder Passagier hinter einem großen Container, ihm war bange und er hielt Ausschau. Plötzlich wurde er unsanft angepackt und ein kräftiger Kerl hob ihn hoch. Na, wen haben wir denn hier? Der große, dunkelhäutige Hüne war aber auch ein Tierfreund und ließ ihn wieder runter. Willst Du mit uns reisen? Copper, sich vom ersten Schrecken erholt, klar doch, ich will nach Frankreich, welchen Frachter soll ich nehmen? Komm mit mir, bist schon richtig! Aber Psst! Wir beide müssen höllisch aufpassen, da schleich dich in das Unterdeck, ich komme später und dann kümmere ich mich um dich.

Unser Waschi gehorchte, denn nun hatte er doch Angst vor dieser neuen Route und war gespannt, was ihn noch erwartete.

Auf diesem Schiff war der Bär los: Krach, Schreien, keiner wusste, wohin, jeder rannte kreuz und quer. Laut waren die Fahrzeuge, die die Container verschiffen sollten und laut waren die Menschenstimmen, Menschen aus verschiedenen Ländern, hier Vorort und aus Südamerika, auch aus Europa kamen Arbeiter nach Kolumbien.

Endlich waren alle mit dem Beladen fertig und Copper atmete ein wenig auf, traute sich nicht aus seinem Versteck und wartete auf seinen Verbündeten. José hieß der freundliche Bursche. Dieser brachte unserem tierischen Fahrgast was zum Fressen, wieder Gemüse und auch Erdnüsse, das mögen wir gerne, wir Waschbären.

Habt ihr denn da draußen eigentlich gewusst, dass Panama Millionen von Wandertieren als Brücke zwischen zwei Kontinenten dient? Ist schon ein kleines Wunder.

Nun verabredete sich der große Jose ´erneut mit Copper, denn hin und wieder musste der auch sein Geschäft machen, welches sein neuer Freund dann entsorgte, aber natürlich nicht ins Meer, dem so gewaltigen Atlantischen Ozean.

Kapitel 6

Im Hafen von Le Havre

Es erschien Copper eine Ewigkeit, aber nun war der Frachter im Hafen von Le Havre eingelaufen. Es ist der allergrößte Umschlaghafen von Gütern in Europa. Er liegt ganz im Nordwesten von Frankreich am Ärmelkanal. Früher, da war er ein großer Kaffeehafen, dann durch den Krieg zerstört. Ein Künstler schuf ihm ein tolles Denkmal, einen Bogen aus Containern. Sehr bunt und sehenswert. Was sollte jetzt passieren, man musste schauen, wann das nächste Containerschiff weiterfuhr, welchen Hafen, ob Rotterdam oder Hamburg, das war hier die Frage. Jose´ musste ihm einfach helfen, sonst würde es nie klappen.

„Jetzt spreche wieder ich, hab mich von den vielen Strapazen erholt. Ich sag euch, Waschbär auf Reisen zu sein, ist gar nicht so leicht, sondern gefährlich und immer gibt es neue Überraschungen. Manchmal denke ich nach und meine, wie bescheuert muss ich denn sein, meine lieben Geschwister allein zu lassen. Dort in der Auffangstation bleiben wir auch nicht ewig, wenn wir uns erholt haben, kräftig genug sind, groß und selbständig, dann schmeißen die so genannten Tierpfleger uns doch auch raus in die Natur und Wildnis und was dann? Wenn wir Glück haben, überleben wir, wenn nicht, erschießt man uns. Also ungefährlich ist beides nicht."

Ich wartete auf Jose´ und mit einem Rucksack über seiner Schulter, kam er mir pfeifend entgegen. Nun, Du mein kleiner, pelziger Freund, wohin des Weges? Ich habe die nächsten Tage Urlaub und werde meine Familie, die hier in Le Havre lebt, besuchen. Willst Du mit? Geht das denn? erwiderte Copper?

Klar, sie haben auch Haustiere: Ziegen, Hühner, paar Schafe, einen schönen Stall mit Stroh, da kannst du erst einmal schlafen. Zum Fressen finde ich bestimmt auch was Anständiges für dich. Meine Eltern stammen aus Mittelamerika, aus Panama, so wie du, deshalb heiße ich auch Jose´, klingt nicht sehr französisch oder? So, nun trabte ich hinter meinem großen, neuen Kumpel, manchmal schauten mich schon die Leute fragend, manchmal sehr schräg an, aber was soll's? Mir konnte in der Nähe eines so großen Kerls nichts passieren. Wir liefen nicht allzu sehr lange, und in einer schmalen Gasse der Stadt, gelangten wir an ein altes Haus.

Hier wohne ich mit meinen Eltern und Bruder. Und hier soll ein Stall sein? Klar, wir haben einen Hinterhof und sieh, da ist der Stall, nichts ist unmöglich. So war es auch, ich wurde heimlich von Jose ´in den Hof gelockt und musste erstmal zu den

Ziegen und Schafen. Gott sei Dank waren es nur 2 Schafe und 2 Ziegen. Ich bekam sogar einen tollen Logenplatz oben auf dem Stroh. Endlich wieder klettern. Später wollte er mich seinen Leuten vorstellen, na, da bin ich mal gespannt. Mit den Worten: ich bringe dir nachher Futter, verabschiedete sich mein Freund. Hoffe nicht, dass er mich vergisst. Und möchte mal wissen, wo die Vierbeiner hier alle grasen sollen? Muss ich ihn nachher fragen. Jetzt lege ich mich aufs Ohr und muss pennen, bin auch total erschöpft von den super langen Reisen. Ja, so war es auch, ich bekam nach einiger Zeit Nüsse und Wasser und 2 Äpfel, die nehme ich schon mal, wenn es nichts anderes gibt.

Kapitel 7

Ein französischer Morgen

Morgens wurde ich durch das Gemecker und Geblöke der Tiere geweckt und siehe da, ruckartig ging die Stalltür auf und eine ältere Dame ließ die Schafe und Ziegen tatsächlich auf den Innenhof, wo sogar eine kleine Wiese war, unglaublich und das mitten in der Stadt. Jedenfalls hab ich meine Ruhe und entdeckt hat die Alte mich auch nicht. Ob ich es wage, in die Wohnung zu gelangen oder lieber auf meinen Freund warte? Ich war doch zu neugierig und so kletterte ich gemächlich vom Stroh und lief zur Wohnung. Da ging auch schon eine Tür auf und mein Jose´ stand mit einem Napf in der Hand und schaute mich mit seinen großen, braunen Augen entsetzt an: Bär, was machst „Du?" Bitte lauf schnell zurück, ich muss erst meine Familie auf dich vorbereiten, dann sehen wir weiter. Ich lasse mir auch was einfallen, wie du weiter nach Hamburg kommst. Hast du großen Hunger, möchtest du Baguette oder einen Croissant? Warum nicht, hab ich noch nie probiert, vielleicht noch eine heiße Schokolade? Hast du mir doch mal auf dem Frachter serviert, das wäre schon lecker. Jose´, er wollte seinen kleinen Gast nicht enttäuschen und verwöhnte ihn jetzt mal so richtig. Copper fühlte sich sauwohl und genoss die Zeit hier im französischen Hinterhof. Schnell mal zur Wiese, für kleine Waschbären, zurück dann ins warme Stroh und schlafen. Wer weiß, wann ich hier weg muss. Alles mitnehmen. Copper war immerzu müde und verschlief fast den halben Tag, bis es laut polterte und auf einmal stand ein noch größerer Mann als Jose´ im Stall. Aha, sieh mal an, wen haben wir denn da? Er zeigte auf den Waschbären und war wohl gar nicht erfreut über den neuen Gast. Verschwinde, sonst ziehe ich dir das Fell über beide Ohren. Unser Waschbär zitterte vor Angst und wusste nun nicht, was er machen sollte. Hat denn mein Freund nicht mit der Familie gesprochen, er hat es mir gestern doch versprochen, so dachte er und rührte sich immer noch nicht vom Fleck, bis es noch mal laut wurde und endlich sein Retter kam, nun wieder in der Not. Was ist denn hier los? Papa, das ist mein neues Haustier, darf ich vorstellen: „Copper", der Waschbär aus Panama. Nun war der alte Mann doch verwirrt und sah seinen Sohn erstaunt an. Hallo, was heißt hier Haustier? Er kann auf keinen Fall bleiben, sieh zu, mein Sohn, dass er verschwindet und weg war er.

Nun, was machen wir jetzt? Kann dich doch nicht aussetzten, ich schaue nachher, wann das nächste Schiff nach Hamburg fährt und ich verspreche dir, dann komme ich mit. Habe noch paar Tage frei und ich lass dich nicht im Stich, okay?

Na klar doch, ich hab mich auch schon etwas gefangen. Mag dein Vater keine Bären? Nun ja, er hat sie noch nie kennen gelernt, ihm sind auch die Schafe und Ziegen zuviel, aber meine Mama liebt sie und versorgt immer alle und bringt die Milch zu einem Bauern, der daraus Käse fabriziert, so kommt auch Geld rein. Also, bis nachher und hier hast du noch paar Nüsse, hau rein!

Kapitel 8

Die Fahrt nach Hamburg

Jose´ und ich hatten Glück, in zwei Stunden fuhr ein Frachtschiff nach Hamburg und ich sollte in einen doofen, muffigen Sack und mich mucksmäuschenstill, so eben mal ganz leise verhalten. Oben waren dann Klamotten von meinem so genannten Herrchen. Er kannte die Crew und den Kapitän persönlich und so war es ein Leichtes, mich an Bord zu schmuggeln. Alles ging doch sehr schnell und ich versuchte, nicht zu zappeln. Wir waren auf dem Oberdeck und nun durfte ich in die Freiheit. Sofort musste ich pinkeln und diesmal ging es über Bord, zur Strafe, weil ich eingesperrt war.

Mein großer Kumpel machte mit dem Zeigefinger Psst! damit wir gar nicht auffallen würden. Du, ich habe großen Hunger, was gibt es zum Mittag? Du bist gut, ich werde schon was besorgen, mein Kleiner! Also Faustregel Nr.1: hier - bleiben und nicht etwa auf Entdeckungstour gehen, Regel Nr.2: nirgendwo dein Geschäft machen und Nr. 3: leise, bitte leise sein! Nun ja, dachte ich, dann darf ich eben nicht knurren, keckern und kreischen, denn solche Geräusche machen wir Bären nun mal.
Mir kam es wie eine Ewigkeit vor und ich hatte Langeweile, aber mit wem soll ich

hier oben sprechen oder spielen. Plötzlich jaulte es hinter einem Pfosten. Ich sah nach und da war er, ich nehme mal an: ein Hund, so wie er sich benahm. Wer bist Du? Warum bist du hier allein oben. Der putzige Kerl, es war ein Jack Russell Terrier, er knurrte mich an, er tat genau das, was ich nicht durfte, aber sein Schwänzchen wedelte hin und her, ein gutes Zeichen?

Ja, es soll Freude bedeuten zur Begrüßung. Was hatte er da neben sich? So ein komisches Ding, einen Koffer? Auch noch ein schickes Halsband hatte, also nicht herrenlos, der putzige Vierbeiner. So, jetzt habe ich einen Spielgefährten und als beide nun loslegen wollten, rennen, toben und verstecken, stoppte Jose´ „ad hoc" die beiden schlagartig. Hey ihr, wir fliegen auf! Und dann sah er auch den Terrier und den Koffer. Na, du bist mir einer, bist wohl abgehauen oder gehörst du zur Mannschaft? Nun machte Jose´ geschwind doch das Köfferchen auf und da war ein Brief. Mit sehr großem Erstaunen und aufgeregt las er die Zeilen und alles in English: My dear People: when you will find me, please give me a new home, my Mother is died, thank you, my name is "Rudy."

Tränen rannen bei meinem großen Freund über das Gesicht. So traurig sah ich ihn noch nie. In dem bunten Koffer waren noch Hundebrekkies und ein kleines Spielzeug. Wir nehmen ihn jetzt mit, Copper, du passt auf ihn auf und ich kläre das oben an Bord.

Kapitel 9

Ein neuer, blinder Passagier

Ich habe jetzt einen Spielgefährten, dachte Copper. Ob er genauso tickt wie ich, Obst und Gemüse frisst? Bestimmt nicht. Hunde brauchen sehr viel Eiweiß und schon mal einen Knochen. Hey Rudy, hast du noch eine Familie? Geschwister? viel zu doofe Fragen für den erstaunten Jack Russell und wie sollte er ihm antworten, etwa mit Bellen und Schwanzwedeln. Na klar doch, keine Antwort ist auch eine Antwort. Wir werden uns schon aneinander gewöhnen. Da kommt unser neues Herrchen zur Tür hinein, schau, das ist Jose´. Also ihr zwei, wir dürfen alle drei jetzt bis Hamburg mitreisen, in dieser Kabine, ganz unauffällig natürlich, das versteht sich. Hier an Bord sind noch mehrere Hunde, da dürftet ihr beide beim Abend - Gassi gehen nicht auffallen. Ich darf auch für euch Fressen aus dem Speisesaal mitnehmen. Aber dafür, dass wir kostenlos mitfahren, muss ich in der Küche aushelfen, das kann ich gut, war mal Schiffskoch.
Na, Copper, wie fühlst du dich, deinem Ziel nicht mehr so weit entfernt? Ich freue

mich auf den Norden, denn da weht immer eine frische Brise und die Hamburger sollen sehr freundlich sein. Ob es da wohl auch Waschbären gibt und ich eine Frau finden werde? Wer weiß das schon. Nun, mittlerweile legte der Frachter los und die neue Reise begann. Rudy war glücklich, nicht mehr allein zu sein und er legte sich auf den warmen Teppich und schnarchte im Nu. Jose´ musste in die Küche, da war allerhand vorzubereiten. Einige Gäste waren schon noch an Bord und die Besatzung wollte auch versorgt sein. Ich bringe euch nachher was ganz Schönes, Leckeres zum Futtern mit. Zufrieden legte sich auch Copper aufs Ohr und es vergingen etliche Stunden, bis Jose heimkam. Doch die Aufregung war groß und es gab Hundefutter für Rudy, auch einen Knochen und Obst und Gemüse und Erdnüsse für seinen lieb gewonnenen, pelzigen Kumpel.

Jose´ hatte schon gegessen und er war so müde, dass er fast im Stehen einschlief. Dann lümmelte er sich auf das nicht sehr große Bett und schlief ein. Ein Schnarcher mehr.

Kapitel 10

Noch ein Waschbär

Es war eine unruhige Fahrt, Sturm kam auf und Rudy wurde seekrank und sein Fresschen kam plötzlich vorne wieder zerkleinert raus. Jose´mußte arbeiten und bei seinem Gang zur Küche hörte er auffällige Geräusche aus einer Ecke kommen. Da stand doch eine Transportbox mit einem Waschbären, der da drinnen offensichtlich sehr unglücklich eingesperrt war. Seine Geräusche kannte er mittlerweile schon von Copper. Dann sah er zwei Typen, wie sie verhandelten und der eine gab dem anderen Geldscheine. Die waren bestimmt für den Bären, der sollte in eine Pelztierfarm. Das muss ich verhindern, dachte Jose´. Da die beiden Ganoven nun noch einen Rundgang machten, nutze er die Gelegenheit und nahm schnell die Box und verschwand in der Kabine.

Wir haben Zuwachs bekommen: Schau mal Waschi, ein Artgenosse, hab ihm gerade das Leben gerettet,
habt ihr noch was für ihn übrig zum Fressen? Nun wollte Jose´ihn erstmal in der Box lassen, bis er eine Idee hatte, stellte ihm Wasser und Futter rein und zu seinen beiden Passagieren kamen die Worte: Ihr lasst ihn bitte noch da drin, verstanden und macht keinen Blödsinn. Bis nachher!

Beide beäugten den neuen Gast, der sehr ängstlich wirkte, aber er fraß und guckte erwartungsvoll auf seine neuen Begleiter. Hallo, ich bin Copper und das ist Rudy, wir wollen nach Hamburg und dann weiter nach Nordrhein-Westfalen. Was ist denn mit dir? Der fremde Waschbär sprach wohl kein englisch oder deutsch, aber nun, von irgendwoher musste er doch kommen und wer hat ihn eingefangen? Er sah so traurig aus in der engen Transportbox, aber nein, wir dürfen ihn noch nicht freilassen. Haben es versprochen. Musst keine Angst haben, wir alle sind deine Freunde und ziehen dir nicht das Fell über die Ohren. Wirst sehen, es wird alles gut. Als ob der oder die Kleine das verstanden hatte, machte er vertraute Geräusche, so wie Copper sie kannte. Die Zeit verging gar nicht und sehr aufgeregt erwarteten alle drei ihren großen Lebensretter, der nun auch eintraf. Ich habe mich mal umgeschaut und die beiden Schurken beobachtet und sie belauscht. Sie wollten mit dem Tier Kohle machen und es sollen wohl noch mehrere Waschis eingefangen werden. Das auf jeden Fall werde ich verhindern. Ich muss dafür sorgen, dass der Käpten die beiden verhaften lässt, mir fällt schon was ein. Waschbären illegal einzufangen, ist verboten, das weiß ich genau. So, mein neuer Freund, ich lass dich jetzt raus, aber keine Panik bitte, wir sind nicht deine Feinde, sondern Freunde. So geschah es und der befreite Waschi tapste vorsichtig aus seiner Gefangenschaft, schnüffelte da und dort und platzierte sich genau neben Copper.

Copper hoffte so sehr, dass er jetzt eine Partnerin hatte. Wir werden sehen, aber für heute Nacht waren alle drei und Jose´ erleichtert, dass sie nicht entdeckt wurden und schliefen endlich zufrieden ein. Obwohl alle Bären doch eher nachtaktiv sind, heute war es anders und auch Rudy fand seine neue Gesellschaft interessant und spannend. Das Wichtigste aber, er war nicht mehr allein! Morgens warteten alle drei Vierbeiner mit ihren hungrigen Bäuchen auf ein Frühstücks - Menü. Ihr neues Herrchen verschwand für einige Zeit wieder in der Küche und danach war die Bescherung: Frühstück. Heute bekamen alle drei Eiweiß, viel Fleisch und auch etwas Gemüse. Der lange Tag war gerettet und alle satt. Oh wie schön, meinte Copper, ich hab jetzt eine Partnerin, sie ist ein Mädchen. Ich bin ja erst ein Jahr alt, noch nicht einmal und da muss ich mit der Liebe noch warten. Jetzt will ich erst versuchen, mit meiner Artgenossin zu sprechen, wir keckern ja fast immer und manchmal schreien wir auch. Vorsichtig kuschele ich mich an sie heran, hey, hast du auch einen Namen? Natürlich hab ich den, ich hatte ja auch eine Familie, die haben sie alle eingefangen und abgeschossen. Ich heiße Cassy, ich vermisse meine beiden Brüder und Mama so sehr und als ich rasch weggelaufen bin, haben mich zwei Schurken gepackt und in den Käfig gedrückt. Den Rest kennst du ja und es ist mein Glück, hier bei euch zu sein.

Bevor wir im Hafen landen, will ich euch da draußen ein bisschen belehren: Wir Waschis sind sehr intelligente Tiere, wird leider nicht erkannt. Unsere Sinne sind sehr wichtig für uns. Eigentlich müssten wir Tastbär heißen, weil wir unsere Nahrung in der Wildnis sorgfältig untersuchen und auch waschen, wir fressen alles, auch kleine Wirbeltiere wie Mäuse, Vögel und Frösche. Lieben aber auch die vegetarische Kost. Der Geruchssinn ist unser zweiter, wichtigster Sinn. Wir kommunizieren ständig mit unseren Artgenossen über Duftmarken. Das Gehör spielt eher eine untergeordnete Rolle bei der Orientierung in der Umwelt. Wir können sehr leise Geräusche wahrnehmen und hören sogar Regenwürmer. Nase und Vorderpfoten helfen uns in jeder Situation, nur leider sind wir farbenblind. Zu meiner Pubertät, ich bin mit zwei Jahren geschlechtsreif, die Mädels jedoch schon mit 10 Monaten. Meist sind wir 65 Tage nach der Paarung da, 2 bis 3 Welpen bekommen unsere Mütter. Dann bleiben wir acht Wochen in der Wurfhöhle und werden selbständig und ziehen los, erst die Jungs, aber die weiblichen Waschis bleiben noch bei der Mutter. Wir lieben allerdings große Familien. Vielleicht kann auch meine Geschichte dazu beitragen, dass wir nicht ständig gejagt und abgeschossen werden. Es sollte doch möglich sein, auch miteinander friedlich zu leben und auszukommen, wo doch soviel Platz auf der Erde und unserem großen Planeten ist. Die Menschen nehmen jedem Wildtier seinen natürlichen Lebensraum. Ganz viele Arten werden aussterben und das recht bald. Sie bauen da draußen Häuser noch und nöcher, weil wir überbevölkert sind. Ganz ganz viele Immigranten kommen in alle europäischen Länder, werden aufgeteilt wie meine Erdnüsse. Doch die Politiker können sich nie einigen, machen immer bescheuerte Gesetze, sinnlose Regeln, an die sich doch nie alle halten. Klar, da draußen tobt der Virus, wie schon vor 100 Jahren und noch vorher, nun, es wiederholt sich alles. Die Natur rächt sich auf ihre Weise und so erleben wir gerade jetzt im 21.Jahrhundert diese Pandemie.

Ich bin nur ein Waschbär und mich werden sie bestimmt nicht impfen, bin sowieso zuviel, aber dank der doch zahlreichen Tierschützer und Retter leben wir weiter und sind sehr dankbar dafür.

Kapitel 11

Hamburg

Man hört es an den vielen Geräuschen, die auf einer Werft und am Hafen ertönen. Wir sind in Hamburg. Ich genoss die ganze Fahrt mit meinen beiden Freunden, die auch sehr glücklich waren. Aber wie geht es nun weiter mit uns Dreien. Ob Jose einen neuen Plan hat? Er hat doch seine Familie in Frankreich und seinen Job in Kolumbien. Was will er mit uns anfangen? Jetzt mache ich mir doch große Sorgen um mich und meine Kollegen. Da kam Jose gerade zur Tür herein, als erneut eine Ansage des Kapitäns durch den Lautsprecher ertönte auf Englisch: Ladies and Gentlemen, now we have arrived the harbour Hamburg, have a nice day:

Hey, mein großer Freund, was passiert mit uns? wir können doch nicht am Hafen rumlungern und auf ein Wunder hoffen? Ich habe Angst, Jose, ´und mein Ziel, nach Nordrhein-Westfalen, du, bitte sag, werde ich das jemals erreichen? Ich wusste doch nicht, dass unser treuer José´ schon wieder Kontakte geknüpft hatte mit einem Zoo und auch einer Tierauffangstation. Seine Worte zu uns: jetzt wird es ernst und ich kann nicht für immer bei euch bleiben, es gibt zwei Möglichkeiten: 1. Es gibt einen Zoo in Hamburg, da könntet ihr bleiben, auch zusammen als ein Waschbärpärchen, Rudy kommt mit mir, mein Bruder in Le Havre wollte schon immer einen kleinen Hund. 2. Eine Tier - Auffangstation in der Nähe bei Hamburg, es gibt auch eine in NRW: in Porta Westfalica, also überlegt schnell, ich muss morgen wieder nach Frankreich.

Jetzt waren doch alle Vierbeiner überfordert und wollten auf keinen Fall getrennt werden. Rudy winselte leise, Cassy und Copper, denen fehlten die tierischen Worte. Du hattest doch versprochen, uns zu helfen? Das habe ich auch und euch bis hierher heimlich auf den Frachtern mitge-

schleust. Was soll ich machen? Ich verspreche aber, ich besuche Euch.
Wenn Du mich fragst, meldete sich Cassy zaghaft, dann ziehen wir erstmal in den Zoo ein, da werden wir zwar täglich von den Menschen begafft, aber doch tausendmal besser, als wenn wir in einer Pelztierfarm enden. Und Rudy darf doch nicht im Tierpark bleiben, geht doch mit Jose, immer noch schöner als ins Tierheim oder?
Wenn man dieses Bild sehen könnte, traurige Waschbärgesichter, ein verlorenes Rudylein in der Ecke.
Jose´ mietete ein großes Auto und alle stiegen mehr oder weniger freiwillig ein. Dann ging die Fahrt zum Zoo. Gähnende Stille und man hörte keinen Mucks mehr auf den beiden Rücksitzen. Ich, Euer Freund, verspreche hiermit nochmals, werde eine Pflegefamilie für euch suchen und finden, es gibt auch Menschen, die leben mit Waschbären friedlich nebeneinander. Am Ziel angekommen, empfing uns ein sehr netter Tierpfleger und wir trotteten mit ihm erst einmal in die Quarantänelounge, das musste sein bei Neuzugängen. Außerdem müssten wir dringend untersucht und geimpft werden. We-

nigstens durften Cassy und ich zusammenbleiben. Machs gut Jose und vergiß uns bitte doch so schnell nicht, ---------- meineWorte.

Jose´, auch den Tränen nahe, fuhr schnell mit Rudy zum Hafen zurück, wo in paar Stunden die Fahrt nach Frankreich zurückging. Rudy schien sehr bedrückt und gab überhaupt keinen Ton von sich. Er wartete ab, was nun kam.

Kapitel 12

Cassy und Copper im Zoo

Nun bin ich hier mit Cassy und ich glaube, es sind vier Wochen vergangen. Jetzt wird der Zoo auch noch für etliche Wochen geschlossen wegen dieser Pandemie. Dann eben keine doofen Besucher und Gaffer. Das Schlimmste ist, wir dürfen uns nicht mehr fortpflanzen, andere Wildtiere auch nicht. Na ja, ich bin eh zu jung und dann ist es eben so. Unsere Tierpfleger haben aber versprochen, dass wir nicht erschossen werden, wir dürfen, solange die es sich leisten können, hierbleiben. Aber vielleicht siedeln wir auch in den Wildpark in Niedersachsen am großen Berge um.

Dann bin ich zwar noch nicht in NRW, aber meinem Ziele näher. Unser Pfleger, der Hein, arbeitet hier schon 20 Jahre und der kennt sich aus. Er liebt alle Tiere, dann pfeift er meist ein Liedchen und sagt: Euch Waschis mag ich aber am liebsten. In diesem gewaltigen, großen, schönen Wildtiergehege liefen doch noch drollige, vier Waschbären, zu denen sollen wir in Kürze, wenn wir beide uns nicht mehr fortpflanzen können. Das heißt: unters Messer. Wir haben natürlich Schiss, aber so wie Gott es will, es wird schon schief gehen. Hein hat aber auch einen Freund im Wildpark am Berge und wird ihn anrufen, ob wir dorthin umziehen können. Wäre zu schön, wenn es klappt. Am allerbesten wäre jedoch, wenn wir bald mit unseren Freunden, dem Hund Jack Russell Rudy und Jose´, zusammenleben dürften in einem riesigen Haus mit Garten. Ich träume jeden Tag und auch nachts von diesem Haus und Rudy sehe ich dann bellend und spielend im Garten, alles natürlich im Traum.
Vielleicht wird er wahr!

Kapitel 13

Le Havre

Jetzt waren Jose´ und sein Begleiter schon fast in Frankreich angekommen. Auf dem Schiff ging alles glatt, der Hund gehörte zu ihm, so einfach war das. In Gedanken war aber Jose´ bei den beiden Bären. Er dachte über die Situation nach und sein schlechtes Gewissen plagte ihn ganz doll. Hatte er sie doch im Stich gelassen, natürlich, nun waren sie wieder gefangen, zwar nicht in einer kleinen Box oder Käfig, sondern hatten wohl schon genug Auslauf, Bäume zum Klettern, alles artgerecht. Was passiert jedoch mit ihnen, wenn der Zoo jetzt schließen muss und dem Direktor die Gelder ausgehen? Ihm wurde auch fest zugesagt, keines der Tiere wird getötet. In einem anderen Zoo nördlich sollen Muntjanks, eine Hirschart, getötet werden, weil sie nicht mehr züchten dürfen, wird denen zu teuer. Was sind das denn für Ansichten, wie bescheuert ist der Mensch manchmal? Wie sooft geht es dann nicht mehr um das Wohl der Tiere sondern nur um den Profit. Unser Mittelamerikaner, eigentlich auch halber Franzose, er war sehr sensibel, wollte gar nicht darüber nachdenken, was passieren könnte. Die Reise mit den beiden Waschbären war für ihn sehr abenteuerlich und emotional und auch spannend gewesen, vergessen konnte er das nie. Wollte er auch nicht. Aber besuchen, das sollte wohl in nächster Zeit klappen. Wenn nur nicht dieses blöde Corona wäre. Jetzt ertönte das Signal, der Frachter legte im Hafen von Le Havre an. Schnell mit Rudy den Pier entlang und zügig laufen, es waren ca. 10 Minuten bis zu seinen Eltern oder trampen, warum nicht? Hier in der Nähe vom Hafen kannte man sich und so geschah es auch, die beiden Seeleute (Hund) fuhren mit einem Gemüsewagen mit, der in der Nähe sowieso zum Elternhaus musste. Rudy guckte vom Sitz auf die Strassen, aber so sehr richtig freuen konnte er sich nicht. Er vermisste die beiden Waschbären. Plötzlich spürte er seinen Schmerz, aber was sollte er tun? Für alle war diese Lösung zunächst das Beste und für Rudy wird sein Bruder gut sorgen, ganz gewiss! Nun erreichten sie die Rue de Paul, die gab es wirklich und schon standen beide vor dem Haus. Ein Klingeln und Jose´s Bruder, der Pierre, kam aufgeregt hinaus und sah seinen Rudy. Wie schön, endlich einen Hund, abgesprochen hatte Jose´ das mit seiner Mutter und die wollte seinen allzu grimmigen Vater nun vorbereiten. Er meinte immer, er liebe keine Tiere, aber in Wirklichkeit mochte er Hunde sogar sehr. Zu tief war in seiner Jugend der Schmerz gewesen, als er mit zehn einen kleinen Hund bekam, der dann eines Tages spurlos für immer verschwunden war. Niemals ist er wieder aufgetaucht!

Aber auch Rudy beeindruckte seinen neuen Hausherrn und ab und zu wedelte er mit dem Schwanz und wurde kurz vom Alten gestreichelt. Das sollte schon was heißen. Der Bann war gebrochen und alle waren aufgetaut und glücklich über den neuen Zuwachs. Junior Pierre rief dann gleich: er schläft aber bei mir, in meinem Zimmer. Auch das war erlaubt und nun musste sich nur noch Rudy an alles Neue gewöhnen. Am nächsten Morgen war der große Abschied, Hundetränen kullerten und auch unser Hüne rieb sich die Augen, beugte sich zum Hundchen hinunter und versprach, bald wieder an Land zu kommen, um ihn wieder zu sehen. Das könnte jetzt vier Wochen und länger dauern.

Mit einem Rucksack bewaffnet und Proviant von seiner Mutter machte er sich auf den Weg zum Hafen, schaute links und rechts und drehte sich um, da verschwanden alle seine Lieben ins Haus.
Ein neues, schönes Abenteuer vielleicht, aber er hatte ja seinen Job an dieser Werft hier und von dort aus musste er mit den Frachtschiffen mitreisen, sie Ver- und Beladen, keine leichte Arbeit, aber es gab gutes Geld und wenn er mal älter werde, wollte er sich eventuell ein kleines Bistro in Le Havre mieten mit gutem Cafe´ au lait, heißer Schokolade und Baguette-Brötchen und Croissants.

Kapitel 14

Gedanken

Unser großer Tierfreund und Retter machte sich schon seine Gedanken, ließ alles nochmals Revue passieren, was so in den letzten Wochen geschehen war. Da war Copper, der ihm ein richtiger Seelenverwandter geworden ist, der verstand fast alles. Ihn wollte er auf keinen Fall vergessen und natürlich wieder sehen und dann aus dem Zoo befreien, aber so schnell ginge das nicht, wie denn auch. Wo sollte ich hin mit ihm? Ich muss doch arbeiten und um meine Familie sorge ich mich auch noch. Die haben nicht soviel Rente und ab und zu stecke ich ihnen was zum Lebensunterhalt zu. Copper könnte doch niemals bei den Ziegen schlafen und überhaupt, ein Waschbär muss klettern und sich austoben. Dort im großen Gehege hat er sicherlich Spaß und artgerechte Gesellen, na ja, und Cassy, seine neue Freundin, ist an seiner Seite. Sie haben es gut, damit will ich mich endlich begnügen und irgendeine Lösung wird sich schon finden. Habe Copper versprochen, er landet in Nordrhein-Westfalen und was man verspricht, sollte man halten. Warum nur will er bloß nach NRW? Das hat er mir nie verraten. Muss einen triftigen Grund geben? Hat er dort noch Familie? Ich werde es erfahren, bald mal.

Pierre, Jose´s Bruder, machte sich auch so seine Gedanken, wie Rudy es hier wohl findet. Beide haben sich nach kurzer Zeit an einander gewöhnt und Rudy erkor sämtliche Lieblingsplätze, eben mal die bequeme Leder-Couch, den alten Ohrensessel vom Vater und auf der Ofenbank in der Küche schlief er auch viele Stunden. Gassigehen, das war einfach herrlich, dachte der Hund, mal geht mein neues Herrchen, dann wieder die Mutter Claire und ab und zu auch der Hausherr Miguel. Ich kann überall schnüffeln, es gibt eine große Wiese, da zeige ich meine Ausdauer und Kräfte und zu Hause gibt es dann die leckeren Hundekuchen. Oh ja, ich hab's gut, obwohl ich die beiden Bären vermisse, sehr oft sogar.

Auch unser Paar Cassy und Copper, sie machten sich ihre Gedanken und grübelten manchmal auch ein wenig. Aber sie waren ganz fest davon überzeugt, schon sehr bald würden sie ihren Jose´ und Rudy wiedersehen. Hier mussten sie eine Weile ausharren und die Versorgung war ok, leckeres Obst, Gemüse und Nüsse und Eiweiß und das regelmäßig, keinen Hunger verspüren und Angst vor den Jägern haben. Keine Angst vor anderen, großen Tieren spüren und natürlich vor den Menschen, die die Bären hassen und erschießen würden. Klar, ist die Freiheit da draußen schöner, aber auch gefährlicher und alleine von Abenteuern kann man nicht überleben.

Copper erzählte Cassy nun endlich von seinen weiteren Plänen und warum er unbedingt nach Westfalen wollte.

Kapitel 15

Jose´ wieder in Kolumbien

Kolumbien liegt an der Nordspitze von Südamerika. Seine Landschaft ist von Regenwäldern, den Anden und zahlreichen, langen Kaffeeplantagen geprägt, es wird dort spanisch gesprochen. Die Republik grenzt an den Pazifischen Ozean und auch an das Karibische Meer. Hauptstadt ist Bogota´, es gibt 3500 Orchideenarten, allein mehr als 1900 Vogelarten, 358 Säugetierarten. 90% der Bevölkerung sind Christen.

Stern von Kolumbien

Im Hafen angekommen, schlenderte Jose´ mit seinem Rucksack zu den Containern und Frachtern und meldete sich bei seinem

55

dortigen Arbeitgeber. Der war sehr erfreut, ihn wieder zu sehen und teilte ihn sofort ein. Die nächste Fahrt ginge nach Nordamerika. Es sollten einige Container nach Los Angelos, mit Möbeln als Fracht, geschifft werden. Für Jose´ harte Arbeit und er wollte dies nicht mehr lange tun. Auch sein Ziel und Plan war es, mit seinem Bruder Pierre das Cafe´ in Le Havre zu führen und vielleicht hätte auch er endlich mal Glück, eine nette, passende Lebensgefährtin zu finden. Bisher sind sie alle abgehauen, weil er nie da war, ständig unterwegs. Wie schade, sonst gäbe es vielleicht eine richtige, eigene Familie.

Kapitel 16

Copper zieht um

Jetzt bin ich mit Cassy schon einige Wochen hier und wir haben auch die anderen Waschbären kennen gelernt. Ging alles sehr friedlich zu. Insgesamt sind wir nun sechs Bären. Wir waren auch beim Doc und wurden von ihm geschlechtsuntauglich gemacht. War nicht schön, aber musste sein. Nun hieß es gestern, ich solle nun zum großen Berge umziehen. Aber nicht ohne meine Cassy, ich machte Alarm und nun darf sie mit. Morgen ist es soweit. Der Zoo hat zu viele Tiere und nun auch noch geschlossen. Auch der Wildpark in Niedersachsen musste schließen, wir dürfen aber trotzdem rein. Er ist ca. 50 Hektar groß, beherbergt fast 1000 Tiere wie auch Wölfe, Hängebauchschweine, Braunbären und einige schottische Hochlandrinder und Wildkatzen. Es sollen schon eine Zeit dort 16 Waschbären leben, na dann mit uns 18. Viele Besucher kommen nicht nur, um uns zu sehen, sondern die Kids wollen auf den riesigen Abenteuerspielplatz und mit der Wildpark-Bahn fahren. Und ein 45 m großer Elbblickturm steht da auch, wer sagt es denn. Seit 1969 können dort Tiere wie wir leben und keine Angst mehr haben. Ich habe trotzdem Angst vor morgen und muss schon ständig meine Freundin beruhigen. Wir können sogar weinen, welches dann wie ein Zirpen klingt und wir geben Schreie von uns. Cassy war unglücklich und neugierig zugleich und wir wussten beide nicht, was uns dort im Wildpark erwarten würde. Nette Heger und Pfleger und auch so tolle Versorgung wie hier?

Da wir Waschbären eher nachtaktiv sind, haben wir beide natürlich auch nicht geschlafen. Richtig Hunger bekamen wir nicht, einige Erdnüsse sollten genügen und so war der nächste Morgen da, wir ganz müde und erschöpft von der unruhigen Nacht, warteten auf den Transport und ab in die Boxen und Tür zu. Hein winkte noch hinterher, er schien doch etwas traurig zum Abschied. Gott sei Dank dauerte die Fahrt nicht sehr lang und im Nu landeten wir erst einmal in einem Quarantäneraum. So sind die Vorschriften.

Ach Jose´, könntest Du nur bei mir sein, ich vermisse dich so, wann holst du mich zu dir? Wenn wir Tiere genauso wie Menschen sprechen könnten, wäre dann alles einfacher? Ich weiß nur, dass ich keine Lust mehr auf umständliche Untersuchungen hatte, aber gerade die musste ich über mich ergehen lassen. Diesmal war es eine Tierpflegerin, eine Dörte, mmh, auch ganz ansehnlich und sie machte ihren Job gut. Ach, das Streicheln tat schon gut. Wir sind Wildtiere, klar, aber hier in meiner Geschichte bekomme ich auch Fürsorge, Pflege und Streicheleinheiten und die genieße ich selbstverständlich. Cassy war nebenan, durfte aber zu mir.

Kapitel 17

Die neuen Artgenossen

Was ist schon eine Woche, im Nu waren wir bei den anderen Tieren draußen, auch hier gab es einige Waschis, alle das gleiche Schicksal wie wir? Wir mussten uns erst anfreunden und beschnuppern, aber Waschbären lieben ja die Familie. So verliefen die nächsten Tage problemlos und außer einer Dörte gab es noch einen Rolf und eine Henny und und! Wie sollte ich mir die vielen Namen merken. Irgendwie fühlte ich mich schlapp, müde und kraftlos und ich wurde so richtig doll krank. Ich bekam sogar Infusionen und danach eine spezielle Sondernahrung für Waschbären. Es war Gott sei Dank eine Erkältung und Erschöpfung. keine Staupe oder eine Viruserkrankung, auch kein Corona, nein, das raue Klima in Hamburg, ich war es einfach nicht gewohnt. Ich musste natürlich im Innengehege bleiben und durfte erst wieder nach einer zweiten Woche die frische Luft von der See schnuppern. Gestärkt und jetzt nun doch voller neuer Energie, stampfte ich durch den Sand und begann, auch zu klettern, im Blickwinkel immer meine Cassy. Irgendwie schien sie aber unglücklich und ich versuchte, ihre Stimmung aufzuheitern, indem ich ständig Faxen und Kunststücke machte. Als das auch nichts nützte, sammelte ich sämtliche Nüsse für sie auf und schleimte mich damit bei ihr ein. Wenigstens aß sie diese mit Vorliebe. Danach legte sie sich in eine Ecke und schlief. Wahrscheinlich hat sie Heimweh nach ihrer Familie.

Wir vertrugen uns gut mit den anderen Wildtieren, selbst ein alter Wolf, sein Name Wolfie, der sich bald näherte, fand unsere Gesellschaft angenehm, und auch ein Hängebauchschwein, „Agatha", hatte sich in unserem Gehege verlaufen, bis ein Wärter kam und es wieder zu seinen Artgenossen führte.

So vergingen einige Wochen und es war
jetzt kalt, Winter angesagt. Wir Waschbären halten ja nur eine Winterruhe, keinen
Winterschlaf wie die Igel, Fledermäuse,
Siebenschläfer, Murmeltiere und anderen
Tiere.
So blieben wir oft auch drinnen und
schliefen viel und ich träumte von Jose´,
meinem großen Freund.
Ob er mich schon vergessen hat oder er es
aber doch versuchen wird, mich hier weg-
zuholen. Aber dieser schöne Traum kann
nicht wahr werden, wo sollen wir denn bei
ihm wohnen? Er kann uns doch nicht auf
seine weiten Reisen mitnehmen, er muss
arbeiten. Aber vielleicht, ja, findet er eine
Familie für uns, die einen großen Garten

mit Haus haben und uns zu sich nehmen. Das soll es ja geben. Bauen uns ein großes Gehege mit viel Platz und Kletterbäumen. Aus seinen schönen Träumen gerissen, wurde Copper wach und fand sich neben seiner Cassy wieder, die noch immer schlief, sah aus, als ob sie gar nicht mehr lebte, doch doch, sie atmete schließlich. Vielleicht ist sie ernsthaft krank, aber sie haben neulich, die Tierärzte, uns Blut abgezapft und es schien alles in bester Ordnung. Da kam Dörte mit einem kleinen, rundlichen Mann, war das der Doc? Sie holten Cassy und sie musste erneut in Quarantäne. Jetzt hatte sie die Erkältung, hoffentlich schafft sie es, die arme.

Kapitel 18

Gute Nachrichten

Es wäre auch ungerecht, wenn Cassy nicht mehr bei mir wäre. Sie wurde gesund, vielleicht meine positiven Gedanken, ich kann das ganz gut, so eine Art Waschbär - Telepathie. Der große, schöne Wildpark hatte leider noch geschlossen und man hörte es unter den Pflegern munkeln, dass sie Leute entlassen müssten wegen der Geldnot. Ich hatte auch Panik und Sorge, wir müssten doch weg oder würden ausgesetzt. An noch was Schlimmeres wollte ich gar nicht denken. Nein, wir wollten nicht als Winterjacke verarbeitet werden, auf keinen Fall. Hallo!! Jose ´hörst Du mich? Wir haben große Angst vor der Zukunft, das sag ich Dir! Bitte hole uns ganz schnell endlich hier raus, wenn ich trommeln könnte, würde ich es tun.
Nach langen zwei Wochen durfte ich endlich zurück zu meiner bärigen Freundin und ich flüsterte ihr in unser Bärensprache das zu, was ich heimlich dem Jose´ gesendet habe.
Vielleicht dachte sie, ich spinne, aber sie war noch zu schwach, um sich aufzuregen.

Und so stimmte sie mir zu: wir wollten weg von hier, aber wie. Wenn mein großer Freund uns im Zoo besuchen will, dann erfährt er ja, wo wir sind, nicht so weit entfernt. Hoffentlich!

Ganz eng beieinander, schliefen wir einige Stündchen, und es war nach Mitternacht, als wir jetzt aktiver wurden. Ich musste mich beruhigen und kletterte und turnte wie ein bekloppter Waschbär hin und her. Cassy nahm die Schaukel und wir wiederholten das Spektakel bis zum Morgengrauen. Schließlich legten wir uns dann doch zum nächsten Schlaf in die Höhle.

Von ständig, unruhigen Träumen begleitet, schnarchte ich und zuckte hin und her, hatte mir die Cassy gesteckt. Ich soll ganz lebhaft gewesen sein. Ich hatte gerade im Traum mit Jose´ gesprochen und er war wirklich zu unserem Wildpark gekommen. Wahrhaftig, in meinem Traum war er es und er kam nicht allein, sondern mit seinem Bruder Pierre und Hund Rudy. Dann wurde es plötzlich laut und die Tierheger kamen und brachten Frühstück und gute Laune mit. Die kann ich nämlich gebrauchen, und der immer lustige Rolf pfiff ein Liedchen, ach so schrecklich. Diese Laute konnte ich gar nicht ab, ich hielt mir die Ohren zu. Dann war es still und er streichelte uns wie jeden Morgen, besonders hinter den Ohren, das mochte ich. Na, ihr zwei, wie sieht es aus? Ich habe gute Neuigkeiten für Euch. Ein Jose´ hat angerufen und will kommen, er sagte was von morgen, da ist Samstag. Copper war total aus dem Häuschen und schlug einen Purzelbaum, war schon fast ein doppelter Salto.

Auch Cassy freute sich auf ihre Art und im Nu hatten wir gleich bessere Laune und machten uns hastig an unser Frühstück ran, diesmal eine Art Müsli mit ganz vielen tollen Erdnüssen und bunten Früchten. Ich hatte großen Kohldampf, vielleicht vor Freude. Der allerliebste Waschigott, dort ganz oben, hat uns wohl erhört und ich bin sicher, er wird das Ding schon drehen und schaukeln, dass ich nach NRW komme? Jetzt verrate ich Euch Lesern auch, warum ich unbedingt nach Nordrhein-Westfalen möchte.

Kapitel 19

Copper´s Geheimnis

Nun war es an der Zeit und Copper musste Farbe bekennen. Endlich lüftete er aufgeregt sein großes Geheimnis. Seine Vorfahren lebten in der Nähe bei Höxter in NRW vor vielen Jahren. Waren dort auch glücklich und seine Mutter, als sie noch lebte, hatte viel von dort berichtet und dass die Waschbären 2010 noch nicht so zahlreich waren. Dadurch, dass die Menschen täglich soviel Essen wegwerfen, entweder auf den Kompost oder in die Biotonne, selbst an den Straßenrändern liegen Schulbrote, kommen wir ja an Futter. Da ist es doch ein Leichtes für uns pelzigen Tiere. So haben wir uns vermehrt und jetzt sind wir ihnen dort eine Plage, werden täglich abgeschossen, sollen wohl mehr als 10 000 dort leben. Wir haben nicht soviel tierische Feinde, das ist für die Menschheit ein riesiges Problem. Sogar jetzt in Pandemiezeiten ist die Drückjagd erlaubt. So rasselte er der Cassy alles runter und erklärte ihr auch, er wolle nur einen bestimmten Wald bei Höxter besuchen.

Copper verriet aber den Ort nicht, sonst hätte er auch Angst um sein noch junges Leben. Deshalb meinte er schließlich, es wäre so wichtig, dass Jose´ mitkäme, könne ihn begleiten und beschützen und dann werde man schon sehen, wie es weitergeht. Eine Andeutung machte er noch, es solle auf jeden Fall vor vielen, vielen Jahren einen Geist dort im Wald gegeben haben und der sollte einem Waschbären sehr ähnlich gewesen sein. Oder war es doch ein großer, gefährlicher Werwolf? Ist doch Quatsch, schnirkte Cassy!

Wir schnirken oder keckern, wenn wir total unzufrieden sind oder Anschluss suchen, erklärte nun unser Waschi. Nun, dann warten wir es mal bis morgen ab, was dein Beschützer so alles vorhat, die Worte von der Bärin. Unruhig schlich Copper in seinem Gehege hin und her, an schlafen war überhaupt nicht zu denken. So aufgeregt wie heute, war er schon längst nicht mehr und im Stillen hoffte er auf ein Happy End mit Jose´. Cassy wollte noch überlegen, ob sie mitkäme. Hier bin ich doch am sichersten oder? Ich werde gut versorgt, umhegt und nicht erschossen. Die Nacht brach an und es war unheimlich ruhig in allen Ecken. Nur ein Käuzchen rief in der Dämmerung, hörte sich fast wie ein Lied an. Irgendwann, da war Copper so müde und nickte ein und träumte wieder von schönen Erlebnissen.

Kapitel 20

Der Freund ist da

Der Samstag war angebrochen und nach einigen, unruhigen Stunden standen plötzlich Rudy, Pierre und Jose ´freudig vor dem Eingangstor des Wildtierparks. Die Freude war groß bei den Bären und der Besuch durfte sogar ins Innengehege. Bist Du es wirklich, mein großer Kumpel? Ich bin jedenfalls startklar und komme gerne mit. Du hast mir versprochen, ich darf nach Nordrhein-Westfalen, das waren vor einigen Monaten doch deine Worte. Du sollst mich auch nur nach Höxter begleiten in diesen verwunschenen Wald, den es wahrscheinlich gar nicht gibt und dann nimmst Du mich mit nach Frankreich, ja? Jose´ hatte Tränen in den Augen und Rudy wedelte ständig vor lauter Freude mit seinem Schwanz und Pierre war sichtlich gerührt. Also, nun gut, waren die Worte von Copper´s Retter, ich will mir was überlegen, es ist jetzt erst 12 Uhr mittags und bis Höxter ist es gar nicht weit. Dann lasst uns gerade aufbrechen. Natürlich musst du in eine Transport -Box, das ist klar, auch im Wald, da bleibst du dort schön in meiner Nähe, sonst kriegen dich die Jäger.

Cassy beschloss nun doch, mitzukommen, war sehr neugierig und sie wollte ihren lieb gewonnenen Gefährten nicht im Stich lassen.

Also eine große Transportbox, wo beide Platz hätten, orderte er bei dem Tierpfleger und schwups waren beide verstaut und dann in den großen Combi und eine spannende, kurze Fahrt konnte beginnen. Dörte und Rolf kamen noch mit und sie verabschiedeten die Bande.

Kapitel 21

Im verwunschenen Wald

Jose´ glaubte nicht an den Spuk und an verwunschene Waschbären oder Werwölfe, die plötzlich aus dem Gebüsch springen, obwohl es davon wohl eine Sage gibt. Aber er wollte Copper den Spaß nicht verderben und warum sollten sie nicht einmal durch diese Wälder streifen, es war nicht verboten. Und dann gibt es da noch das Schloss Corvey, sicherlich mit einem großen, prächtigen, bunten Schlossgarten, aber da dürfen wir Waschbären mit Sicherheit nicht durch. Angekommen und alle bester Dinge und mit sichtlich guter Laune im Gepäck, suchten die Fünf einen günstigen Parkplatz. Im Wald darf man nicht überall parken. Aber sie fanden ein lichtes Stellchen, wo das riesengroße Auto nicht so auffiel und heute war gerade kein Sonnentag, das bedeutete: wenig Wanderer und Spaziergänger. Pierre hatte soweit gedacht und noch zwei Leinen für die Bären mitgenommen, so konnten sie nicht weglaufen. Etwas mulmig war Jose´ doch, aber was sollte schon passieren, wer sollte sie stoppen oder daran hindern. Der Rundgang begann durch diesen angeblichen, unheimlichen Wald. Aber keine Spur von Geistern, obwohl, unerklärliche Geräusche waren schon auf einmal zu hören. Waren das Tiere oder doch Geister? Nein, das war das Handy von Pierre, der heimlich Tierstimmen und viele geheimnisvolle Geräusche aufgenommen hatte. Ganz bewusst nun, trabte er mit Rudy voran und so merkten die hinteren den Schwindel nicht. Copper meinte, es spukt hier wirklich, Cassy bibberte und hatte Angst und lief dicht neben ihrem Kumpel. Nur weg und raus aus dem Wald, waren ihre Worte. Grinsend und mit einem Lächeln auf dem Gesicht trieb Pierre die Meute nun zur Lichtung, wo das Auto geparkt war. Gerettet, geschafft, keine Geister, keine Werwölfe, keine längst verwunschene Waschbären.

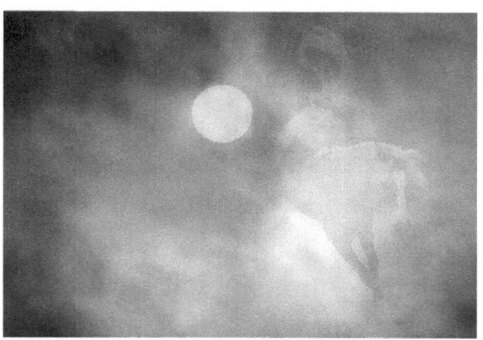

Alle, doch ein wenig erschöpft von diesem
Ausflug, saßen nun im Combi und es ging
heimwärts, aber wohin? Wo ist das Zuhause von Copper, stellt sich hier die Frage?

Kapitel 22

Entscheidung

Jose´ und sein Bruder hatten schon auf der Fahrt von Frankreich bis Hamburg überlegt, was nun aus dem Bärenpärchen werden sollte. Eine Überraschung hatten sie noch in petto. Eine Familie ganz in der Nähe von Le Havre, nimmt immer mal herrenlose Hunde, auch Wolfsbabys auf, sogar Füchse und sie haben schon einen Waschbären mit Namen Rocky. Sie leben sehr abgeschieden, ländlich und haben ein großes Areal. Es gibt dort ein riesiges Auslaufgehege für die Vierbeiner und sie wären bereit, für Cassy und Copper zu sorgen. Pierre und Jose´ wollten dann Geld für Futter spenden und ab und zu dort nach ihnen schauen. Als unsere beiden Waschis das hörten, waren sie völlig und ganz und gar aus dem Häuschen.

Die Freude war groß. Aber vorher mussten sie noch zum Berge in die Station, die Papiere und Impfpässe holen für die Überfahrt dann vom Hafen von Hamburg nach Frankreich und natürlich Proviant für alle. Auch die Pfleger freuten sich mit Copper & Co. Dann aber schnell zum Hafen.
Die tierfreundliche Familie wohnte in der Normandie, dort gibt es auch einen Naturpark und nicht weit davon entfernt würde das neue Zuhause sein.
Noch einige Stunden und dann wären sie am Ziel und das sollte es auch endgültig bleiben.

Was soll ich Euch sagen, ich der Copper, habe tolle Sachen erlebt und nun sind wir bei unseren neuen Pflegeeltern, Cassy und ich und mit ganz vielen Tieren zusammen. Mir, uns geht es gut und José und Rudy besuchen uns, sooft sie können.

Macht es gut, ihr Waschbären, die ihr da draußen auch auf Wanderschaft seid.

Euer Copper

Dies war meine Geschichte über einen mutigen kleinen Waschbären, der alle Hindernisse und Schwierigkeiten überwunden hat und nun ein schönes, artgerechtes Leben ohne Gefahren, führen kann.

Nachtrag

Bewiesen ist; Die Jagd auf Waschbären ist kontraproduktiv. Waschbären sind keine Bedrohung für die heimische Artenvielfalt. Eine Krankheitsübertragung hier durch Waschbären ist wohl nahezu auszuschließen.

Wie können wir es als Gesellschaft zulassen, dass rückwärtsgewandte, gewaltliebende Menschen legal ihrem Tötungsspaß nachgehen können? Wir brauchen gewaltfreie Lösungen.

Bücher von Silvia Wobschall, die bereits erschienen sind:

Mein Leben mit den Samtpfoten Teil I und II

Ein cleverer Kater namens Jack Teil I und II

Abou findet seine Menschen

Spencer, die pfiffige Maus

Robin, der schmusige Felixkater

Bis zur nächsten Geschichte

Eure Silvia